剝製師

HAKUSEISHI
Takaoka Osamu

高岡修句集

深夜叢書社

剝製師——目次　contents

photo
kryzanek/istock.com

装丁
髙林昭太

剝製師

高岡修句集

現象の地平

情死せるものの目翳かいかだ
水の世の鉄鎖のごとし夕ざくら

命みな殺し合う世の山ざくら
死にゆくを倦み花吹雪き眠たげな

天刑に触れては凧の落ちんとす
凧ひとつ恋に落ちゆくように墜つ

濡れ衣はさくら飛花落花して斬首
陽炎を朱肉としたる印を捺す

妊るも屈葬に似て花の闇

花影《はなかげ》がリストカットをして止まぬ

夕闇を出て濡れている春の川

心《しん》中《ちゅう》を心《しん》中《じゅう》と書き春の川

静脈のしずかな滾り紫木蓮

破鏡の空あつめて風船ふくらます

暗黒の蝶の欠伸よ無の揺らぎ

黒バラ科の暗黒物質というを活け

含羞《はにか》んで重力レンズを過《よ》ぎる方舟《ふね》

現象の地平に遅れ来る夜汽車

落椿火の眼もて死界敷きつめる
花椿流して指が流れゆく

鋼鉄の空と思えど揚ひばり
揚ひばり虐殺されて墜ちてくる

胎内の闇に似ている雛の闇

蝶の舌水の殺意に触れひるむ

デパートで太古の海を吐いている

春葱へ億光年の頬杖を

水かきの跡美しき花ぐもり
朝焼けはコインロッカーに預けなさい

地史を書く身ぬちに蝶の屍々を溜め

春雷へ遠景ひとつ売りわたす

火葬されし子の燠に似て遠い野火
かいやぐら子の骨ひろうこの箸も

書きかけの遺書でつくらむ紙風船
影踏みの影きらきらと逃げまわる

天上の子の手を探すゴム風船
屋根を越え抜き手を見せるしゃぼん玉

梅一花わが死の遅延証明書
まして残花天動説の影美《は》しく

逃げ水が地の涯として立つ都心

ゼブラゾーンの縞馬ほどく黒揚羽

性愛になお狂いゆく紐二条
恋情は真空パックしてあげる

蝶図鑑死児が動悸を挟みこむ

紋白蝶雪の匂いの息を吐く

顔中の蝶飛び立たせ朝の葬
春愁が甘嚙みをして指果てる

血を喀きし虹なら君のスカーフに
木にもたれ遠い石斧になっている

水棺

死の春の隠れどころの無い浜辺

春泥の写真が摑む怒濤音

空缶に残る怒濤も蹴って春

マネキンの眼にも引きゆく海がある

空壜に飼えば遊べる春／余震

春の地震紋首索にも来て揺する

みちのくの死へ春銀河欲しいまま

春銀河より還りこよ汝が胸乳

春泥にまみれていたる虹の足
それぞれの眼差し持ちて流される

溺死した空も並べてみちのくは
柩なら吹雪きやまざる桜の木

生の死のかくれんぼして鬼のまま

縄電車死後の夕焼け駅に着く

まなじりの迅《と》き流れ容れ花《はな》筐《がたみ》

しんかんと火を待つ柩遅ざくら

火葬して遊び疲れて煙消ゆ
陽炎の乗換駅が見当らぬ

チェルノブイリの石棺揺する遊蝶花

原子炉の臨界点の濃りんどう

萍のまた水棺という遊び

セシウムの春ぶら下げて駅に立つ

炉心棒溶けるがごとく蝸牛

ビニールで慟哭つつむ蝸牛

修羅をこそ光となさむ櫂の影

草の罠死後も遊べる子供の手

水すまし水のピアノを連弾し
水すまし日は水葬をくり返す

流燈の振り返るとき流れ変え

流木の子午線よぎるときの鬱

綿菓子のごとき悲しみ血の未遂
海の虹編みゆく死児の手の数多

MRIみな気嵐となりし胸
気嵐を花瓶に挿して果てもなし

死者の息足して激しき草いきれ

みちのくに指紋まみれの空がある

死のゲノム

原罪は冤罪ならむ白薔薇

密殺の逃げ水しまう薔薇の屍室

月光を縒りてつくるは縊死の縄
一条を得て放心の縊死の縄

吊られては盲しいたる日を嗅ぐ目刺

藤棚の百条の血にびしょ濡れる

殺されにゆく菫野の夢の中

脳死者に臓器無き春闌けむとす

蜂の眼よ死せば涙の乾きし眼
レタス噛みバベルの塔を追慕する

水かげろう聳え都心の死を孵す

おぼろ世をブランコ鉄鎖として死ねり

共に焼く大はまぐりの蜃気楼
糸遊にわが人体を明けわたす

春の雲舐めてキリンの舌滅ぶ

鬼アザミ炎やして鬼を燻り出す

標本瓶春夕焼けも腑分けされ

にれかむは牛のかたちの蜃気楼

人に顔ありて遊べる家の中

死地へ行く象の背後のような春

晩春が地軸の傾ぎ哀しめる

劣情の卵《らん》形《ぎょう》を置く春の闇

百合の香の両性具有の甘いこと

五月闇舌幾枚を使い切り

死のゲノム薔薇恍惚と吊るされて
尾を捨ててこし人たちと薔薇を見る

暗涙の昼顔がゆく円型劇場《コロシアム》

昼顔を鏡地獄へ流しこむ

狂わざること羞じらいて夕顔は
夕顔を映して水の眼が揺れる

漏斗条の死を傾《なだ》れ落ち蟻地獄
転生をくり返しきて汝《な》が乳房

氷中花悦楽いくつ凍らせて
次の世への継目のあたり日傘咲く

放たれて軽い眩暈の草矢の血

子殺しの闇を咥えて木下闇

解剖台虹の死体を横たえて
虹の胎裂いて白夜を取り出だす

蟻穴へ引く蟻の眼の原子雲

キノコ雲の菌糸びっしり国家論

爆心地水の動悸が木を登る

原爆の影を折り継ぎ鶴とする

液化する広島原爆資料館

眼を閉じて蝶爆心となる朝《あした》

白虹の繃帯で巻く原爆ドーム

爆心のかの朝に置く水の椅子

死者のみる夢覚めざれば鬼の罌粟

花莫蓙は濃き姦淫の闇に敷く

死螢を吹き死螢の火を熾す
死螢を流し死にたる火を流す

空蟬を傾け捨てる天の影
死してなお啞蟬空を放さざる

水中花水の妬心のごとくにも
ああああと立てば誰もが滝となる

流刑

奔放な余白を見せて白牡丹

白ぼたん姦通罪の身が火照る

人体の淫らへ哄《わら》いゆくあやめ
蜥蜴より切れ永遠がピクピクす

撃鉄の眩しさ麦秋を曲がり来る

あやめ見る吾《あ》もあやめなり殺めなむ

潮騒でかたどる子らのデスマスク
自爆テロしろと言うのか立葵

蒼天に責めさいなまれ噴水は
全円のノスタルジアを持てあます

黄金の我が出自なれ瑠璃蜥蜴

殺されて不貞寝している山蚯蚓

蛇ぬちの川脱皮して真青なる
天界を吸っては濡れる蛇の衣

失踪を恋いたる足で街をゆく
海峡ひとつ鬼灯市に流れ着く

壮大な流刑を見せて夏銀河

手花火へ子らが黄泉より火を点ける

空瓶のポルノグラフィ的なみだ
醒めぬ夢のつづきかコインランドリー

草書体の朝です秋蝶の奢りです
秋思まず我が心室を通りなさい

死んだ子の歩巾であるく曼珠沙華

ピアスしてレディメイドの秋が来る

秋意なれ鞭が鞭打つ鞭の空

龍胆の深まなざしを過《よ》ぎれざる

角《つの》のある世へと咲き継ぎ犀の影

地下街で銀河の匂いのナイフ買う

次の世の汝も鬼たるや白桔梗
顔を脱ぎやさしい闇となっている

太陽の火刑果てざる櫨紅葉
火にも鬱のありしか暗い眼を見せる

転生の子のまだ未生なる花野

全天の揺動を継ぐ大花野

月光はかくも青い錠剤を飲み

月光が轢き殺されている峠

月光を満たして閉じる展翅函

月光の殺意でつくる象の檻

海鳴りの図鑑

殺意たりしよカンブリア紀の眼の萌芽

海馬汝も馬頭星雲より来たる

死都死都と秋の雨降る石だたみ

るるるるる紅差し指の素性問う

メビウスの輪にきて戦ぐ水螢
アンモナイト渦巻きけぶる夢の跡

白桃の芯に熟して暗黒は
体臭の遠くへ弾じけ鳳仙花

山霧の快楽《けらく》のあとの長い放蕩
夕空のかけらを火打ち石として

外灯が霧を濡らしているように
煉獄を少しあふれてこぼれ萩

手鏡が飼い慣らしたき乱れ萩
無名なれ頭蓋の罅に銀河を流し

のたうちて誰《た》が打擲す天の川
天上の咎解けやまず水すまし

わが額《ぬか》を射よ天心の月の弦
屋上は鳥葬の丘恋わしむる

海鳴りの図鑑作ろう冬すみれ

日だまりが死海文書を読んでいる

全天を買い占めたきかアドバルーン

木守柿やたら夕焼け空を貼り

楕円描く吠え狂いゆく楕円かく
土踏まず何を踏むべき帰り花

街角で冬夕焼けにからまれる
シダ科です夢の出口の死体です

手のかたちせる手袋の中の闇

叛乱も殺意も眩し雪の嶺

冬蝶が最後の息を投函す
手袋が憶い出掴み死んでいる

顔面にダリの時計を懸けたまま
凍滝の夢をなぞって摩天楼

源流は虚無とこたえて野水仙
枢閉ず碧い氷河を孵すため

空あつまる鷹の高さの郷愁へ
くるぶしに惑星の水きて惑う

植物図鑑髪振りみだす一樹あり

ミラーボール氷湖の匿し持つ色を

天の火を盗み墜ちたる火喰鳥

帰心生《あ》れし鶴を薄暮に点滴し

流氷の沖をカバンに詰め私《ひそか》
風花が身を火照らせて吹き上がる

剝製師

春暁の髪梳きやまぬ朝焼け師

脳芯の青さで川師昼を塗る

カミソリの刃の憂鬱も磨《と》ぐ研ぎ師

影の世に切絵師の貼る女郎蜘蛛

夕焼けの腸《わた》豹に詰め剝製師

陰《ほと》の辺へ彫り師が流す夏銀河

庭師来て空の端より剝ぎ始む

都市の白い晩禱量る計量師

死者の胸の奔流清め納棺師

緊縛師女体を春の真闇とす

髪の森の憎悪の鳥を刈る髪師

脳の原野へ夢師いずこより野火放つ

初花へ怒りて来たる貞操帯

ビルのあいだの縊死する空のための縄

真っ青な湖底を釣らんとしていたり
死者のみる夢覚めざれば鬼の罌粟

万有引力林檎に熟れてかくも映え

夕映えよ今日を脱柵しゆく血の

胸は牢獄夕べ流罪の雲を容れ

肉化する春の闇用挽肉機

虫となりし我か狂いて火蛾である

あとがき

この三月末、あるきっかけから齋藤愼爾氏と痛飲した。勢いで私は句集の刊行を申し出た。まったく勢いとしか言いようのないなりゆきだったのだが、この句集は四年ぶりの私の第七句集である。四年ぶりだから、それなりに作品のストックがあるのだと、勝手に思いこんでいたのだ。

調べてみて驚いた。句集に載せるべき作品が二十句にも満たなかった。どれもが、これまでの自分の作品の自己模倣で、まったく進化と深化が見られない。

約束は約束である。新たに作るしかない。しかし、それは、これまでの私の詩集の作り方でもあった。

私は十八冊の詩集を刊行しているが、第一詩集以外は全て書き下ろしである。早いものでは二日で、長くても一ヶ月半ほどで一冊分の詩を書き上げた。

そうしなければ日常生活が破綻しかねないという心的な状況もあったわけだが、良くも悪くも、それは私の詩集の作り方だった。

結果的に私は一ヶ月半で二百句ほどを書き上げた。それほどの数だからテーマの持ちようもないはずだ。ところが、かなりの数の作品が二つの事象に収斂されてゆくのが分かった。二つの事象、原爆と東日本大震災である。

原爆は私の師・岩尾美義の生涯のテーマでもあった。十代の頃から岩尾師に心酔していた私もまた、原爆というひとつの地獄を、私の内界深く沈めることとなった。原爆はまさに人災の極限だが、3・11以降、原爆にあの巨大な天災も加わった。そういった意味では、この句集も、前回の句集『水の蝶』の延長上にあるといっていい。

とにかく齋藤氏との痛飲のおかげでこの句集ができた。あの夜の痛飲に、ただただ感謝するばかりである。

令和元年六月二十日深夜

高岡　修

高岡　修　たかおか・おさむ

一九四八年、愛媛県宇和島市生れ。一九六二年、鹿児島市に移住。十代の頃より詩・俳句・小説を書き始める。詩集に『犀』など十八冊。句集に『水の蝶』など六冊。文庫に思潮社版現代詩文庫『高岡修詩集』・ふらんす堂版現代俳句文庫『高岡修句集』、他に『高岡修全詩集』がある。南日本文学賞・土井晩翠賞・現代俳句評論賞・現代俳句協会賞などを受賞。現代俳句協会会員・日本現代詩人会会員・日本詩人クラブ会員・日本文藝家協会会員・俳誌「形象」主幹・詩誌「歴程」同人。

現住所　〒八九二―〇八三六
鹿児島市錦江町一一―一三―六〇六
電　話　〇九九―二二一〇―七七一三
ＦＡＸ　〇九九―二二一〇―七七一四

剝製師

二〇一九年九月十七日　初版第一刷発行

著　者　高岡　修

発行者　齋藤愼爾

発行所　深夜叢書社
郵便番号一三四―〇〇八七
東京都江戸川区清新町一―一―三四―六〇一
info@shinyasosho.com

印刷・製本　株式会社東京印書館

ISBN978-4-88032-455-5 C0092